Título original:

A cebra Camila

libros para soñar

Colección dirigida por Xoán Couto y Xosé Ballesteros

© del texto: Marisa Núñez, 1999

© de las ilustraciones: Óscar Villán, 1999

© de la traducción al castellano: Marisa Núñez, 1999

© de esta edición: Kalandraka Editora S.L., 2000

Alemania 70, 36162 Pontevedra

Telefax: (34) 986 860 276

editora@kalandraka.com

www.kalandraka.com

Diseño gráfico de la colección: equipo gráfico

de Kalandraka Editora

Primera edición: mayo 2000

Depósito Legal: PO-386/99

I.S.B.N.: 84- 95123-60-6

Preimpresión: Publito-Braga-Portugal.

Impressión: Tilgráfica-Braga-Portugal

kalandraka
editora

La Cebra Camila

MARISA NÚÑEZ   ÓSCAR VILLÁN

Allá donde se acaba el mundo,
en el país donde da la vuelta el viento,
vivía una pequeña cebra llamada Camila.

Como en aquel lugar el viento era tan travieso,
Camila tenía que andar con mucho cuidado
para no perder su vestimenta.

Su madre le decía siempre que no saliera de casa
sin calzones ni tirantes,
pero Camila cada día era más grande
y los tirantes y los calzones ya empezaban a molestarle.

Camila soñaba con acostarse en la hierba
sin aquellas prendas ajustadas.
También soñaba que el viento
la llevaba rodando por los campos.

Un día, Camila salió de casa
sin atender a los consejos de su madre y...

¿qué fue lo que pasó?

1

2

3

4

5

6

7

Pues que, por arte de malos vientos,
dejó de ser una cebra listada
y se convirtió en algo parecido a una mula blanca
con camiseta de rayas.

Al verse así, blanca y desharrapada, Camila se echó a llorar.

Camila lloró SIETE lágrimas de pena
por las rayas perdidas.

Después se quedó pasmada, mirando para una serpiente
que estaba mudando la camisa.

– ¿Por qué lloras? -le preguntó la serpiente.
– Porque el viento bandido
se ha llevado las rayas de mi vestido
-respondió ella, sollozando.
– Acércate. Te daré un anillo
para que lo pongas en una pata -dijo la serpiente

(que parecía guardar muchos secretos).

Camila siguió andando con un anillo en la pata...
y un poco menos de pena.

Se le cayeron SEIS lágrimas por las rayas que le faltaban.

Después se quedó pasmada, mirando para un caracol
que asomaba los cuernos al sol.

- ¿Por qué lloras? -le preguntó el caracol.

- Porque el viento bandido
se ha llevado las rayas de mi vestido
-respondió ella, sollozando.

- Acércate. Me subiré a tu panza y trazaré alrededor
una rayita de plata que te irá que ni pintada.

Camila siguió caminando,
con un anillo en la pata,
una rayita de plata...
y un poco menos de pena.

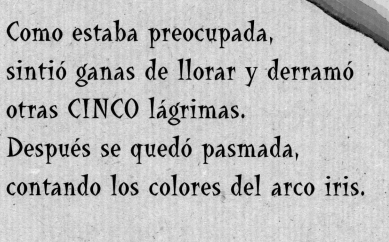

Como estaba preocupada,
sintió ganas de llorar y derramó
otras CINCO lágrimas.
Después se quedó pasmada,
contando los colores del arco iris.

- ¿Por qué lloras? -le preguntó el arco iris.

- Porque el viento bandido
se ha llevado las rayas de mi vestido
-respondió ella, sollozando.

- Acércate. Te echaré un remiendo azul,
fresquito como una seda de primavera.

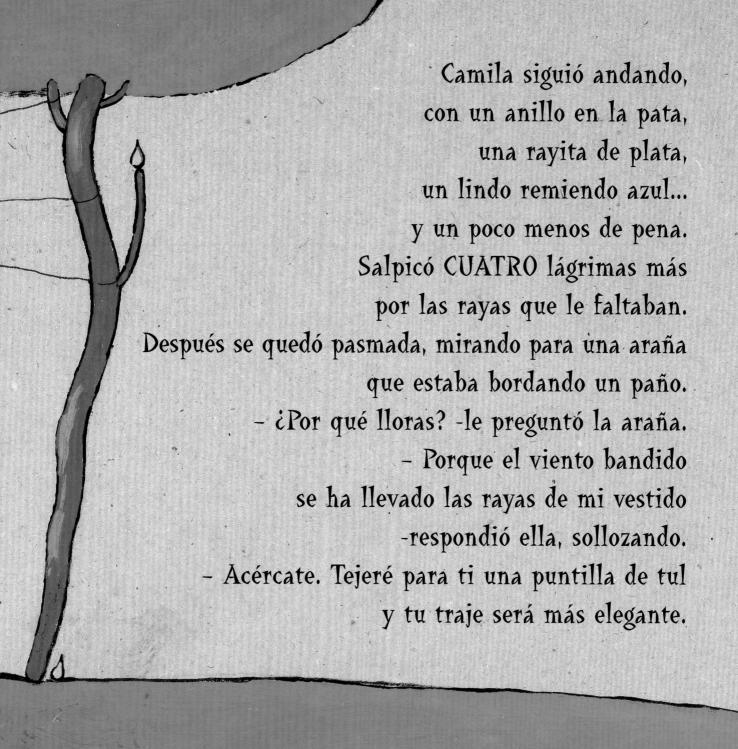

Camila siguió andando,
con un anillo en la pata,
una rayita de plata,
un lindo remiendo azul...
y un poco menos de pena.
Salpicó CUATRO lágrimas más
por las rayas que le faltaban.
Después se quedó pasmada, mirando para una araña
que estaba bordando un paño.
– ¿Por qué lloras? -le preguntó la araña.
– Porque el viento bandido
se ha llevado las rayas de mi vestido
-respondió ella, sollozando.
– Acércate. Tejeré para ti una puntilla de tul
y tu traje será más elegante.

Camila volvió a ponerse en camino,
con un anillo en la pata, una rayita de plata,
un lindo remiendo azul, una puntilla de tul...
y un poco menos de pena.

Lloriqueó TRES lágrimas
por las rayas que le faltaban.

Después se quedó pasmada,
escuchando a una cigarra que estaba tocando una melodía.

- ¿Por qué lloras? -le preguntó la cigarra.

- Porque el viento bandido
se ha llevado las rayas de mi vestido
-respondió ella, sollozando.

- Acércate. Te daré
una cuerda de mi violín
y tendrás un aire musical.

Camila siguió andando,
con un anillo en la pata, una rayita de plata,
un lindo remiendo azul, una puntilla de tul,
una cuerda de violín...
y un poco menos de pena.

Casi llegando a casa, se le saltaron DOS lágrimas
por las rayas que le faltaban.

Después se quedó pasmada, mirando para una oca
que cojeaba de una pata porque le apretaba un botín.

- ¿Por qué lloras? -le preguntó la oca.

- Porque el viento bandido
se ha llevado las rayas de mi vestido
-respondió ella, sollozando.

- Acércate. Ataré a tu espalda
el cordón de mi botín
e iremos las dos mucho mejor.

La oca se fue feliz, descalza de la pata
que tenía espachurrada.

Camila ya había andado mucho cuando, por fin,
llegó a su casa con un anillo en la pata,
una rayita de plata, un lindo remiendo azul,
una puntilla de tul, una cuerda de violín,
un gran cordón de botín...
y un casi nada de pena.

Mamá cebra estaba sentada a la puerta.
Camila se acercó a ella con UNA lágrima
resbalando en la mejilla.

-¿Dónde te habías metido, Camila, que no te encontraba?

-Es que el viento...

(Mamá cebra hizo como si nada
porque tenía ganas de decirle algo muy importante)

-Escúchame, Camila: ya estás muy grande,
así que va siendo hora de olvidar
los tirantes y los calzones.

Pero al descubrir la lágrima que le escurría de un ojito,
Mamá Cebra intentó consolarla:

-No llores. He trenzado con mis crines
una cinta muy larga para que adornes tu melena.

Camila, que había crecido casi una cuarta,
se puso de puntillas y le dio a su madre
un abrazo grande grande, sin calzones ni tirantes.

Y se estiró mucho para lucirse aún más
y para que su madre la viese bien,
con un anillo en la pata,
una rayita de plata,
un lindo remiendo azul,
una puntilla de tul,
una cuerda de violín,
un gran cordón de botín,
una cinta en la melena...
y ni una gota de pena.

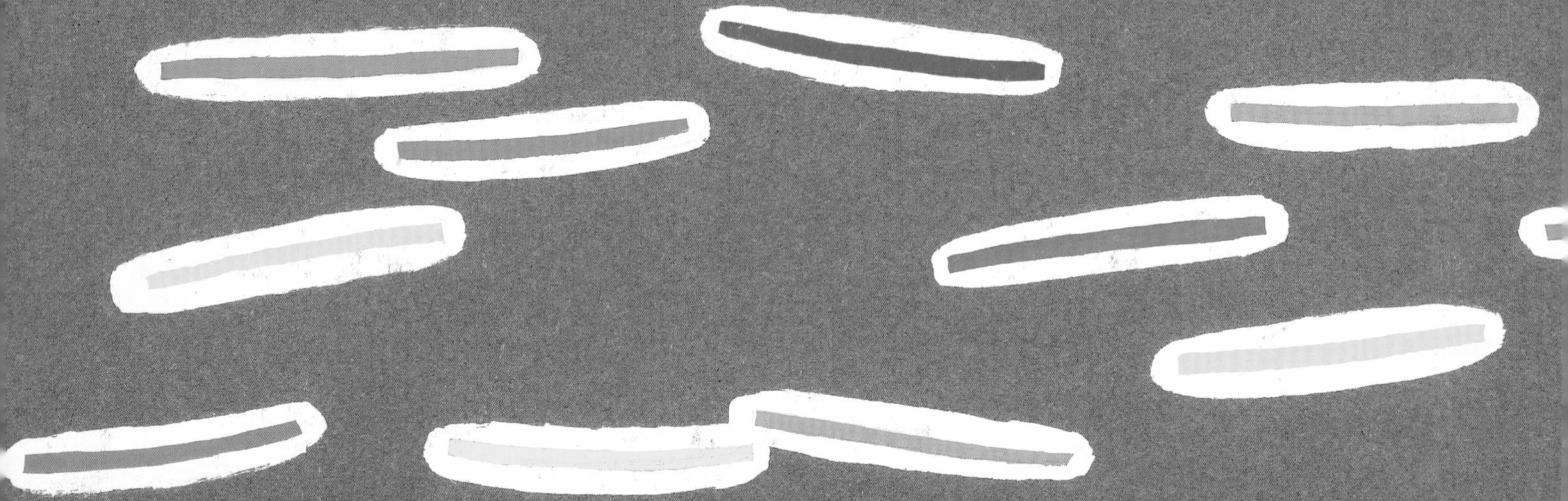